늦귀

책 만 드 는 집   시 인 선 1 1 2

늦귀

서상만 시집

책만드는집

나는 절필하지 않으려
지금껏 살아 있다

가물대는
저, 노란 불빛
神과의 면회도

八耋이 가까우니
겨우, 알 듯도 하여서

―2018년 無所軒에서
月甫 서상만

| 차례 |

2부　앵무산 돌에게

3부 봄밤의 아드레날린

4부　수색을 지나며

1부
늦귀

늦귀

바람에 눈물 털며
속으로만 우는,

함께 묻힐 산야에서
나를 부르는
들풀의 울음소리

나, 이제 들었다

기다림이란

슬픔이 닿은 곳은
너무 오래 젖어 따분하지만

헤매다 울고 머물다 웃고
백 년이고 이백 년이고
계산하지 말고 흐르다
금부도사 올 때까지
흠뻑 젖어 있어야 한다

효자손이 긁는 詩는
늘 서럽고 아프지만
어찌할거나

기약 없이 내리는
빗소리도 쓰다듬고
죽음도 천천히 스며드는

낯선 꿈을 꾸면서

나 버리고 먼저 떠난
누구 속마음 같은 풀밭에
풀처럼 젖어도 보면서

적막에서

아내가 심어두고 간 치자꽃이
올해도 하얗게 만발이다
눈에 익은 색깔과 향기가
다소곳이 내게로 다가오는,

속세에 피신하듯 뿌리 내려
저 꽃이 한사코 피고 있는 이유
나는 차마 알지 못하지만, 혹
엄살 같은 하직 인사가 남아서

꽃 피는 천수적막 千手寂寞에
은유는 왜 자꾸 머뭇거리는지
천지간 내 눈물 사라져도
저 꽃의 탄회坦懷는 여전할까

오래된 빈 봉투

서徐 아무개란 명패 하나,
백열등처럼 겉봉에 걸어놓고
삶을 먼 시간 여행으로
훌훌 떠나고 싶었을까

코끝 스치는 묵은 종이 냄새
첫사랑 상처처럼 오래
아프다

그래 그 봉투에, 내
자학自虐의 백간白簡 한 통
다시 가둬 오래오래 꿈꾸면
어느 가을날
구절초 하얀 꽃씨라도
소복이 담아 올지 몰라

버스를 갈아타고

늦은 밤 도봉산역 앞
버스를 기다리면
저마다 가방이든 비닐봉지든
보따리 하나씩은 다 들었다

떠나갈 만경창파

이 밤바다를 지나면
내일은 꼭,
풍요의 뭍에 닿을 거라고
손에 손에 내일을 담고
버스를 갈아탄다

쓸쓸한 도봉산역 앞
─추운 발자국들

유기견

캄캄하고 외진 컨테이너 박스 밑에 새끼를 낳고
밥 동냥을 다니는 개 한 마리
간간이 한길 사거리에 위태롭게 나앉아
물끄러미 누구를 기다리다가

목쉰 울음을 토하고는
처진 아랫배를 흔들며 묵묵히 새끼들에게 돌아간다

봄비 그친 아침
나뭇잎 풀잎 꽃잎, 밤사이 떨어질 것은 스스로 다 떨어져
살아남겠다는 잎들만 생생히 나부끼며 아침 햇살을
받아 들고

앙상한 저 개, 별빛 같은 새끼들 총총 놔두고
저를 버린 누군가를 또 기다리고 앉았다

톱

전원을 꽂자 쇠 이빨이 달달달
산허리는 금세 민둥산이다

줄줄이 베어진 소나무들
비바람에 버틴 앙금 게우듯
허연 송진 염습으로 물고

토막 난 생목 가지의 비명에
멧새 소리조차 삼켜버린
산은 정녕 묵묵부답이다

아름드리 꿈 생매장하고
유탄처럼 되돌아와 다시 내,
뼈를 깎는 저 자본의 칼날

전지剪枝

잔바람에도 노랗게 질린 과원의 나무들 사이에 숨어 내 여린 유년이 떨고 있다

이래 싹둑 저래 싹둑, 진즉 안면몰수 해버린 사나운 전지 칼에 죄 없는 나무들의 비명

상처를 꿰매고 허공에 한 알의 사과를 매다는 데 얼마의 삶이 함께 매달리는지

누군가 과목果木이란 이름을 붙였지만 처음부터 꼭 열매 맺기를 약속하지는 않았다

탱자나무 울타리 너머로 내던져진 나뭇가지를 바라보며 나도 마음에 웃자란 삿된 가지 하나 아프게 잘라낸다

참새의 수다

젖은 나뭇가지에 빗방울을 털며
파르르 떨고 있는 참새들
여차해도 눈알만 말똥말똥

삼동, 청천 가녘을 포롱포롱
맨몸으로 날다가 와와 떼 지어
구구절절 저리
쉼 없이 재잘대는 이유를,
참새는 그 가냘픈 울음과
작은 날갯짓으로 생을 노래한다

혹, 참새를 다른 별로 내쫓으면
우리는 고독할까,
절망할까,

어지른 비바람에 목청이 닳아

탈고 안 된 원고지의 버버리 떼처럼
겁 없이 우리 곁을 맴돌며
참새는 오늘도 숨넘어가듯
갖은 수다를 입에 달고 산다

대장장이의 꿈

아직도 나는 착각 중,
한 사십 년 전 불같은 나이로
오거리 한복판에
대장간을 짓고 싶다
카푸치노 한 잔에 빨대를 꽂고
우선 은은한 향은
좌심방으로 보내 온돌을 깔고

온종일 달군 쇳물로
아편 먹은 양귀비 얼굴에
불꽃을 피워주고
클레오파트라의 콧날을
톡톡톡 다듬어주기도 하며
황진이 볼멘 가락에
풀무를 당겨 골탕 먹이는
황당한 꿈을 꾸면서

또 다른 한 덩이 시우쇠가
녹아내릴 때까지
그것이 나를 삼킬지라도
포기할 수 없는 몰두를,
아직도 나는 고약한 착각 중

소리들

새벽잠을 깨우는 톡 톡 톡
들리다 멈췄다 저 보들보들한 소리,
그래, 환청은 아닐 거야
아파트 옥상에 고인 빗물이
작은 홈통으로 한 방울씩 떨어지는 소리
아니야, 소리의 간격이 다르잖나
그래, 고장 난 변기의 오작동인가
그렇다면 왜 그깟 소리에 장단이 있지
아니면 월계역 건너 작은 대장간
편자 두드리는 소리가
새벽 공기를 타고 날아온 것인가
봄비 내린 고향의 초가 추녀
낙숫물 소리인가
살며시 베갯머릴 돌려 누우면
일 호선 전철이 레일을 타고 달리는 소리
덜커덩덜커덩

혹여 난청이란 말인가
푸른빛이 꺼져가는
내 기억에 고인 폐수 떨어지는 소리
누가 매일매일
내 새벽잠을 가볍게 깨우나
아니 벌써 저세상 소린가
설령 그렇다 해도
나는 이제 공손히
그 소리를 다 들어줄 수밖에

그날, 불정역

손님 없는 산역山驛이라 기차는
혹 나를 버려두고 그냥 지나칠까

낡은 벽시계 텅텅 가슴을 치는
빈 대합실
나의 백 년 여행을 꼭 붙잡았네

난로엔
나처럼 덜 마른 생장작 하나,
가난의 불씨마냥
내구러운* 회색 연기를 내뿜으며
섣불리 활활 타지 않았네

그립다, 갓 스물
달랑거린 노잣돈에 울며
무작정 문경새재만 넘고 보자던

방랑도 삶의 화상火傷이었나
눈 감고 생각하는 그날 그 불정역

* 숨 막히게 맵고 싸한.

동병상련

−간병기

긴 병에 잃어버린 웃음
휠체어로 오르막 밀고
내리막을 당기며

내 가슴에
오래오래 숨겨놓은,

함께 앓는다는 말
당신만큼 아프다는 말

금 간 하루

우이천 강바람에 길은 쓰러지고
등목 한번 못 한
내 그림자도 말끔하게 탈색되었다

소 울음 뒤의 잿빛 하늘
우렛소리 조각조각 금이 가더니
어느새 메아리로 메워졌다

시간만 잡아먹은 블랙 먼데이
木琴 소리 같은 내 이명에 바르르
진부하게 떨고 있는 얼음새꽃 한 잎

시간의 방목

당신 따라 좋아했던
그런 봄도 어리석게 지나버려

새벽 산책길은 옹기 들여다보듯
굳이 내일이나 어제 일은
생각 않기로 했다

까치 두어 마리
늘그막에 새 길을 내줄 듯
소란스럽지만

천지는 진즉 수류화개水流花開라

날마다 파랑 치는 나뭇잎들,
햇살 되비추는 이 아침엔
여기 오래 남고 싶다

풀잎에 머물던 아침 이슬
누구 몰래 구름 날개 달았다가
다시 이슬비 되어 오려는지
나 먼저 길 떠났다

소곡小曲

월계동에서 아내 잃고
혹 달이라도 벗이 될까
개울가에 나와 서면

달은 뜨지 않고
흑노黑奴 같이 병든,* 내
가슴엔 박명 한 보자기

살아서도 죽어서도
우리는 피차
한 하늘 아래 있지만

생사의 무덤을 재우려면
오늘은 또 어떤 물색으로
그대에게 편지를 쓸까

* 청마 「향수」 ─ "내 黑奴 같이 병들어"에서 차용.

추풍부 秋風賦

작은 새는 작은 소리로 울고
큰 새는 큰 소리로 우는
어리중간에서
나는 훔쳐보았네
잎 져버린 가지에
저마다 무심히 울고 간
새들의 흔적을

때 없이 뒹구는
잎들의 울음을

그래도 나는 모르겠네, 정말
이별은 어떻게 헤어지는 것인지
날아간 새 발자국을 좇으며
얼룩진 가을볕 한 모금
호졸근히 가슴에 묻는 날

저물 곳

풀벌레 소리로 배부른 가을밤
모깃불 피워놓고 멍석에 누워
주먹만 한 별빛을 받아안고
잠이 들 때도
내 아버지 구성진 명당경 소리는
곳간에 숨어 사는
집 지킴이 누렁 뱀의 안광을
더 순하게 길들였지

구름 말랭이에 누운 타향살이,
나 오랫동안 잊어버린
푸른 별을 더듬어본다
평생 마음의 집 한 채 짓지 못해
일찌감치 접어둔 나의 꿈
이제 고만 저물 곳이 어딘지

핏줄

아내는
여문 음식 잘게 씹어 아들 셋을 키웠다

한 세월 건너보니 오늘이 그날이다
병상의 아내는
아들이 떠 담은 숟가락으로 한술 밥을 들고

손자 놈 물끄러미 바라보니
제 아비에게 또 그리하리라

끊길 것 같은 삶이
끈끈한 핏줄 하나씩 붙잡고 이어진다

꽃나무의 속내

나에게도 아뜩히 찾아온
그 환희 그 영광 그 황홀을
누구에게 함부로 발설할까
허공도 생각처럼 만만찮아
가지들은 휘어지고 꺾어지고
가죽채에 피멍 든 노예처럼
눈 비 바람 들렐 땐 盲者처럼
천둥 번개 삼킨
노숙의 충혈이 꽃이 된 걸
春色이면 어떻고 秋色이면
어떠리, 구차하게 묻지 마라
또 어찌하리, 안개 속 내일
꽃 한참 활짝 지고 싶다면

詩의 바다

광막한 바다는 늘 사색의 공간과 파토스를 우리에게
선물한다

오월 창천, 청보리밭 능선 아래 난만한 쪽빛 바다, 자
장가로 들고 나는 밤물결 소리, 달을 잉태한 은물결의 희
롱, 수평선 멀리 희접戱蝶으로 나부끼는 돛단배, 폭풍 후
의 적멸, 바윗돌을 깨는 성난 파도 발, 길 잃은 뱃고동 소
리를

밤바람에 깃을 앗긴 갈매기의 피울음, 눈 오는 날의 아
득한 설원, 쌓았다 허무는 모래톱, 검푸른 멍석 이랑을
전리 삼아 절명시를 읊어대는 하얀 물결 소리

가뭇없이 철썩이다 조용히 물러나는 저 슬픈 비백의
숨소리, 물안개 우는 소리를

땅은 천천히 바다를 메우고 바다는 도로 땅을 뭉개는
역리 속에 무위와 광기는 영원에 던지는 춤
　가차 없이 흩어지고 모질게 살아남는 맨발의 유희
　어떤 종교와 과학이 이보다 더 위대하고 아름다울까

　우리가 만일 날개 달린 삶이었으면 어땠을까
　회색 포탄처럼 밤 파도를 가르며 으르렁대는 바람과
맞서며 더 높이 더 멀리 더 오래 날아야 하는 고독의 연
유를 맨 먼저 깨달았으리
　은반 같은 날개로 구름을 뚫고 쌍둥이 해가 뜨는 하늘
나라로 고통 없이 사라지는 해법도 배웠으리

　바다에도 질서가 있다, 한계를 극복하지 못해 추방당
한 새는 받아주지 말라는

　물고기 대가리만 찾아 헤매는 새가 아니라 시공을 넘

나드는 무한한 자유 인간의 새로 남게

　바다는 우리의 그림자를 묻어주는 봉분 없는 무덤 영
혼을 잠재울 철학의 소금밭이네

　바다는 우주의 원형이자 인간의 모향 밤낮 탁발로 일
렁이다 뭍으로 돌아올 땐 천파만파의 울음 섞인 해조음
으로 우리를 껴안는 전지자 全知者이시니

　오, 다 받아주는 그대 詩의 바다여!

2부

앵무산 돌에게

고사목 잎눈

옹이마저 삭은 등걸,
무덤 같은 농담濃淡 사이
근심 근심하다 잠들지 못한
연초록 잎눈 두엇
갓 배운 문자 쓴다

기척 없는 낡은 거처가
눈먼 시간 속으로
영영 사라지나 했더니
여느 푸새처럼
연명을 자질하고 있었네

죽음이 보증해준
봄의 훈김에 다시 내미는
저 소경의 모진 손은

詩, 차마 못 버릴 애물

눈 내린 아침은
떠난 누가 꼭 돌아올 것 같다
하얗게 지워진 오솔길을 물어
발자국 폭폭 곱게 찍으며,

행여 간밤 꿈길
나 몰래 다녀가지는 않았을까
살포시 덧창을 열어본다

맑고 찬 바람 한 줄기
처마 밑 장명등을 찰싹일 뿐
허공엔 아직도 성근 눈발

초록 구름

가을 해거름 산에 올라
멀리 흩어지는 구름 바라본다
그 구름 속에 파랑 치던
내 푸른 날의 색깔

때론 암회색으로
높은 적란층에 불쑥 솟아
산을 이루고 탑을 이루고
혹 소나기 우박으로 박수 받던
무성한, 그런 날도 있었다

진사 노을 깔린 바닷가

내 아내 즐겨 신던 풀색 고무신
은근히 나도 따라 좋아진
그 초록 구름은 어디로 갔나
하루 종일 바람에 섞이던 날

온유 溫柔

"남자가 숫기가 있어야지"
생전의 어머님이 그러셨다
내 눈 귀는, 너무 작고 얇아
남의 말 잘 듣고
늘 남의 뒷자리에 잘 앉지

바람에 약하여, 누가
뜬금없이 이름 불러대면
한없이 작아지는 몸, 그러나
겉은 그래 봬도
겹겹이 깊게 박힌 속내는
단단한 가시가 있지

억울할 땐 가슴으로 참고
울고프면 어깨로 울며
온몸 돌로 허무는 온유

실은 내 온유는 돌이라네
화살도 내치는 서늘한 돌

끝별

새벽노을에 잠긴 별,
꿈을 꾸며 반짝이지만
아침이 오면서 빛은 사라진다

영원한 빛이 있을까

쉼표로 죽어가며 그 끝의
마침표도 못 찍고 가는 것이
인생이다

이른 동녘,
시작을 알리는 새벽별도
그 자리를 지키고 싶지만
시작과 함께 빛을 잃는다
실은 그 별도 끝별이다

빛이 사라지기 전에
다시는 불러오지 못할 꿈을
어서 따야 한다

들대 머리 풍경

일손 바쁜 논두렁에
환갑 넘어 뵈는
저 누렁소 좀 보소
느린 걸음
움푹 팬 눈망울
처진 목주름,

오랜 삶의 헌사처럼 줄곧
워낭 소리 달그랑달그랑
고분고분 모는 대로 군말 없이
이리 가고
저리 가고
짐짓, 소가 사람을 끌듯

영락없이 주인 영감 닮아버린
저, 늙은 소 좀 보소

도랑물

보洑싸움에 키들대던
유년의 도랑물도 키가 자라
이젠 제법 거들먹거리네

햇살 한량없고
마파람에 봄 궐 뛰쳐나온
저 대책 없는
개구리 행차도 거기 있어

헌 바랑 구름 위에 걸쳐놓고
한 이틀
도랑물에 젖고 싶네

어머니와 나팔꽃

밤새 끼니 걱정하던 어머니 앞에
새벽부터 나팔꽃은 눈치 없이
활짝 웃고 있었네

삼복더위 허기진 대낮,
저도 별수 없이
시들시들 곤드라져 웃음을 닫아

시든 꽃잎 보시고
어머니가 버무린 차운시次韻詩
한 줄,

"사람도 속 곯으면 딱 이 모양이지
목말라 죽은 놈은 향기도 없어"

마지막 소풍

돼지 두 마리 트럭에 실려
울퉁불퉁 비포장도로를 달린다
양돈장을 벗어난 해방감에
마냥 꿀꿀대며 즐겁다

먹성이 좋아 백이십 킬로
거구의 등 비비는 짝꿍과 함께
첫 외출

평생 꿀꿀이죽만 먹어온 몸
어디로 가는지 알 수 없지만

며칠 전부터 푸짐한 사료에
살이 올라
모처럼 소풍길 속이 든든하다

소리의 길

창을 닫아도
자꾸만 잠 속으로 뛰어드는
풀벌레 소리
어둠을 갉아먹는,
투명한 목청이
안개 낀 통로를 지나
어디로 가나

이 귀 저 귀 다 열어
가슴 적셔놓고
가을을 지나
돌아오지 못할 동토로 갈
애달픈 울음

먼먼, 소리의 길

간

서리 내린 안개밭이다
하늘도 길도 먼 산도 새들도
어디로 숨었는지

저만치 경비실 노인
날밤에 빗자루 집어 든 하품도 짜다
등굣길 물 좋은 아이들
마침맞게 길을 내며 간다

울긋불긋 단풍나무, 은행나무
안개꽃으로 간을 맞춘
늦가을 아침

남은 생애, 또 누가 소금을 치는지
황석어젓갈로 삭고 있다

마음의 크기

풀잎의 귀때기를 때리며
대지를 깨우는
발군의 장대비도 있지만

하늘은
볕 쬘 궁량도 염려해준다

실은 땅에 사는 사람들
비 맞아주는
마음의 물동이
하나씩 다 매달고 산다

먼 산에 묻은 아득한
비구름처럼 안개처럼 산다

남한강의 봄

남한강 상류는 물속도 진달래 꽃밭이다
흰 구름 사이
지느러미 춤사위로 물살을 버티는
송사리 말간 눈두덩이 초롱초롱한 오후
팔당을 지나는 물그림자 속으로
깨진 빈 병에 숨은 기형 송사리는
땟물을 눈물처럼 쏟아낸다
헌 신발, 빈 깡통, 폐비닐까지
떼거리로 강물에 뛰어든다
혹, 저것들이 제 몸 영 못 쓰게 된
상처받은 폐물이 되어 말 없는
흙더미에 묻혀 몰래 잠자려 했을까
그도 아님 봄까지 흠집 내며
떠밀린다는 슬픔을 알기나 할까
뚝섬쯤 와선 더 세게 엎질러진다
마포나루로 여의나루로 물구나무서며
자꾸 갈앉았다 떠오르는 저 오물의 탑

박동 소리

청진기로
몸속에 번진 本色을 듣는다

말라가는 녹색 혈류가
샛강을 오르내리며
이명 소릴 내고 있다

가끔 바람 빠진 울대로
헛기침 같은 고동 소리 울리며
나의 고물 발동선은
작은 등불을 매달고 통 통 통
남은 삶을 퍼 나른다

머잖아 파도에 묻힐
늙은 섬의 폐선이 되려는가

차츰 멀어지는 발동기 소리,
너무 멀리 왔나 보다

다대포의 밤

만포횟집 회 치는 최 씨
갓 건진 도다리 한 마리
도마 위에 올려 일격이다
심연의 모래밭을 뒤지며
자별한 삶의 단막극을 연출했을
꼬리지느러미가 바르르
허공에 유서를 쓰는,

고해성사도 없이
칼 맞은 슬픈 삼류
저기 거꾸러진 불구의 바다가
물고기 연골의 본질 같은 허연
거품을 입에 물고 벅적벅적

다시 시작하는 다대포의 밤
백사장은 하얗게 눈멀고

처연한 별

서쪽 하늘 술 취한 별 하나
갈지자로 흘러내린 날 있었다

허공 질러오며
먹구름 머금고 흘린 눈물
닦아주려 찾았더니
대추나무 잔가지에 걸린
별의 가슴엔
소복이 재災가 쌓여 있었다

혹 비명횡사한 행려별인지
물어보고 싶었다

하늘에서 죄지은 별을
땅에 묻어줘도 될지 몰라서

시간이 걸터앉은 흔들의자

날지 못하는 새는 공중에 없다
달빛 아래, 콩밭 머리 헤매는 작은 새여
비상에 길들지 못한 날갯짓, 아픈
너에게는 하늘 향한 그리움만 있다

너는
저 별빛을 놓칠까 봐 늘 깨어 있기에
깊은 밤을 아는 듯

바람 일면, 회랑에 걸린 낡은 벽시계도
흔들의자에 걸터앉아
흘러간 추억을 노래하고

귀 기울이면 불현듯
멀리 검푸른 밤바다 무덤 위로
무거운 삶이 꽃잎처럼 지고 있다

좌아좌아 파도로 흩어지며
포말을 토하며 뭍으로
뭍으로 잦아드는 절망의 잠

한밤중
애잔한 새에게 무슨 말로 속삭일까

사랑이여, 이승의 끝에 매달린 목숨
누구에게 맡길까
누가 대신 울어줄까

안개비에 젖는 날

쓰레기 분리장에 버려둔
심재沁齋라는 낙관의 수묵담채
화제가 하산연우夏山煙雨다

배접은 누렇게 변색되고
군데군데 구멍이 나, 누구의
연하고질煙霞痼疾을 보는 듯

세월의 몸이 무거워져 버린
불가분의 아픈 마음을
좀 헤아려주고 싶어
그 자리에 두고 조용히 보니
멀리 사패산
산안개가 눈에 들어온다

안개는 노인과 한 빛깔이다

이 골 저 골 자욱하게 헤매다
그새 훌쩍 팔질이 눈앞인
그 속수무책이란 말 이젠
나에게도 퍽 편한 말이 됐다

앵무산 돌에게

얼마 전 화순 앵무산에 갔다가
채석장 돌들의 황당한 난동을 보았다
크고 작은 파편들이
먼 격렬비열도까지 살처럼 날아갈 때
울컥 왜놈 목을 수장한 울돌목 파류가
소용돌이치고 있었다
그뿐만 아니었다
봉준의 삽날이 탐관의 목을 겨눌 때
돌은 세상을 공중분해 해버릴까 아니면
백성에 반석磐石을 깔아줄까 했지만
해괴한 몰골로 반역을 도모하는
거긴 또 다른 박석薄石의 무리도 있었네
아직도 미망 속에 웅크린 돌덩어리들
비상을 기다리는 새들의 둥지처럼
처절하게 산화할 그날을 받아놓고
적막과 독대하고 있는 고독한 불씨여,
어느 날 그대 파편들이 꽃이 되자 해도

운주사 구름 속 천불천탑의 종이 되어
부부 와불臥佛을 일으켜 세우려 해도
세상은 그냥 되는 것 아무것도 없으니
알 수 없는 나날이 평생 외박이 돼버린
저 돌무더기 속 낙조에 납작 엎드린
거무데데한 작은 돌 한 개
어쩜 막차 기다리는 나 같기도 하고
누굴 탓하랴 쌓인 상처도 내 자산이니
나 여기 온 걸 떠돌이 랭보는 알 거야
그는 늘 푸르게 살아 있으니까
천산만수 버섯코 위에 앉은 금강앵무여
나는 네 울음을 알아듣는 늙은 에코
세상의 입들 너보단 더 말이 많아서
매일매일 누구의 덤으로 산다는 말
입 봉하고 아꼈더니 불현듯 낯이 뜨겁다
너무 오래 달궈진 돌 같아서

밤 테라스

젊은 안락의자는
나른한 늙은이가 거북스러운지
삐걱삐걱
불평인지 통증인지 넋두리다

눈 뜨면 카밀레 향기로
눈 감으면 악몽의 늪 같은
밤 테라스에 앉아
나도 한 개 별로 젖고 싶다

보랏빛 밤하늘
얼빠진 별들은 현기증에 들고
귀 없는 아기별들
수화로 내게 통문하고 있다

어젯밤은 낙타를 타고

실크로드를 다녀왔다느니
은하의 미끄럼틀에 올라앉아
혼몽을 즐기는 그들의 연금술은
나도 알 수 없지만, 분명

천창을 두드리는
작은 손 하나 호롱불을 흔든다
눈 어두워지면 이 불빛 따라
오라, 오라
내게 손짓하는 것처럼

반고빗길

아침저녁 밥상머리
방울새 한 마리,
울며 날던 반고빗길

새여
소낙비 지나간 길,
뉘 발자국을 쪼며
너는 여직 숲에 있다

그늘진, 저
떡갈나무 잎에 가려
잘 안 보일 뿐

3부
봄밤의 아드레날린

실성한 꽃들

저 가을꽃

나를 돌아보며
히죽히죽
헤프게 웃는다

엉거주춤
나도 헤프게
따라 웃는다

둘 다 늙었어도
저 꽃이 유독
나를 더 웃긴다

봄 편지

남녘 봄은 숨 가쁘다

초읍 가는 길, 담홍색 벚꽃
자자하게 피더니
봄비 한 자락에 활짝 져버렸다

고개 돌릴 틈 없이
꽃 진 자리마다 연초록 새순
간드러지게 돋아나고

나방이 되려는 애벌레도
노란 비단 물이 드는 날

아지랑이 서둘러
입술 붉은 복사꽃을 데리고
봄 언덕을 넘고 있다

외눈박이 달 하나

밤마다 구름 새로
외딴집 불빛, 엉큼하게 엿보는
외눈박이 달 하나

한 눈 지그시
늦은 밤 차가운 유리창을 뚫고
청상과부 베갯머릴
스스럼없이 밝히네

휘휘 밤바람 속 밀회
수양 머리로 내린 하얀 달빛,
가등도 따돌리고
촛불마저 물리친 성근 밤
물오리 한 패거리
꽉― 꽉―
잦은 감창으로 흥을 돋우네

병실 2

허리 수술한 양산 아지매
"내 죽겄다 내 죽겄다"
밤 내내
어리벙벙해진 병실 공기
새벽 빗소리가 싹 씻어줬다

햇살 따가운 날
아내는 손수 젓갈 담그고
된장 고추장 담가
아들 집집 퍼 나르고 싶은데,

"올해도 다 틀렸네"
혼자 중얼거리더니만

가을만 내게 맡기고
아주 멀리 가버렸다

왕벚꽃

왕벚꽃이 쌍꺼풀 수술 하고
환히 웃으며
내 앞에 아롱댄다

발그레한 연지볼로
담장 옆에 서서
내 집 동호수를 물으며
더는 갈 곳이 없다며
넌지시 소매 잡는다

그렇다고 집 안에
멋대로 들일 수도 없는
난감한 저 여인 보게

후일담
-戱談 한 마당

봄비에도 마음과 몸은 타네
촉촉이 젖은 밤마실에
오한을 오들오들 입술에 문 채
진이眞伊는 문을 두드렸다

"대감님 좌중이십니까, 저 진이옵니다"

쓰개치마 걷어내고
옥비녀 풀고 젖은 적삼 벗겨
뜨뜻한 아랫목에 누이고
화담花潭은 윗목에 자리를 깔았다

댓돌을 뚫는 낙숫물 소리
소설처럼 재재대며 자정을 매길 때
누가 누굴 속일 새도 없이
불끈 영산홍 같은 불기둥 한 자락

후일담에, 명경明鏡처사 화담이
그 불을 끄기는 껐다는데
차마 어떻게 껐을까

한오백년 太虛 속을 헤매는
아파라 아파라 사랑의 몸살이여

陰石바위

교문리 밖 언덕배기 펑퍼짐하게 눌러앉은 너럭바위를
서울 어느 정원사가 크레인으로 들어 올리는데 도저히
꼼짝도 않아 자세히 보니 글쎄,

그 아랫도리를 수많은 풀뿌리가 얼기설기 테를 메워
마치 첫밤에 나온 시골 도래방석처럼 큰 바윗덩이를 꽉
감싼 것이 마치 여인의 무성한 陰毛를 보는 것 같아

사람들이 음석바위라고 부른 이유를 그제야 알았다 팔
뚝 시커먼 남정네들이 낫으로 그 성성한 음모를 면도질
하고 돌올한 자태로 오늘 저 음석바위 트럭에 실려 어디
로 시집을 가는 모양이다 모여든 하객이 많다 길일이다

혹, 말이 씨가 될지

태몽일까, 간밤 붉은 꽃봉오리에 두꺼비 한 마리가
아랫배를 불리는 꿈 고자孤雌 소리 온 동네 말 돌림 받으
면서도 부부 정은 유난히 자별한 송학댁 오 대 독자 치
산 영감,

"허—참, 아무리 생각해도 그냥
넘길 꿈이 아니란 말이여"

대 끊긴 종손 슬하 혹 귀한 늦둥이 하나 얻을까 싶어
할멈을 신주 모시듯 아랫목에 앉히고, 동의보감 비방대
로 무쇠솥에 엄나무 잎가지를 썰어 넣고 아궁이 활활 장
작불을 지피는 그의 얼굴이 불꽃보다 더 밝다

"늙어도 쓸모 있는 거여!"
혹, 말이 씨가 될지

소요산

힘 좋은 남정네 손에

수없이 닳은

검둥이 여인의,

풀어놓은 분홍색 젖무덤처럼

가을볕에 몸 단 육 봉六峰,

세상사

속살 태우는 건 바람이지만

요석瑤石*의 꿈은 깨지 마라

말이 씨가 된 상사병에 걸려

지레, 득음도 못 깨친

저 계곡물 소리처럼

봄비 2

물 건넌 홀아비 새 한 마리
봄비 오는 고목 주저리에
춘화 春畵 그리네

스치면 덧날 연초록 새순
비린 살 내음 때문일까
새는 금세 노래가 말랐다

그렇다고 부러 보짱 좋게
목청은 깨지 마라

여기서 쫓겨나면
말년에
어디 가서 살림 차릴까

온종일 천창 열어놓고

애월愛月을 기다리며
함초롬히 부슬비에 젖는 새

누구 詩를 탐하다

오, 취한다 그대 그 목로
사라진 길 끝 다정한 은닉처도

저녁은 홀로가 제격
홀로라서 당신에 더 취한다
어두워지기 전 내 풍향계 속에
당신 詩를 밀어 넣고
가급적 아름답고 부드럽게
탐한다, 마음대로 부서지게

북촌의 분 냄새와
초월의 눈동자에 꽂혀
그대가 젖도록 내 둥근 미소로
길 위에 밤길 내면
거짓말 같은 달 하나 뜰지

그러나 우린 월담한
무정부 나라 정부情夫 정부情婦들
꽃이라는 당신은 누구이기에
당신 시 앞에서 황홀 앞에서
바람이 되어야 하나

나는 지금 쪽배 하나 띄운다
그 바람에
봄날 아지랑이같이
불현듯 그곳에 가고 싶어서

치정 癡情

세상이 다 쪼그라지거나
누가 엿보거나 말거나
막무가내 끓고 있는, 저
용광로 속의 화간 和姦

눈치 볼 것 없이
쇳물도 꿀꺽꿀꺽 마시는
사랑은 저래야 한다고

하여 방자한 철면피가
가슴에 못을 치고
적선하는 칼이 된다

매향梅香

한 그루 고매古梅 앞에
봄볕만 일궈 먹은
부끄러운 대좌여

먼 여향 때문일까
뜨끔뜨끔 풍진風塵에
멀미 나는 치기라도

같이 늙는 터수에
확 번 꽃송어리에
입술 한번 섞었으면

가자미 낚시

외줄을 당겼다 놓았다 비파 타듯
손끝에 감치는 아린 현의 유혹
늙은 작부의 떨떠름한 입질 같은
애무란 말 분명 밤바다에도 있다

평생 바닥을 헤맨
내 캄캄한 심연의 모래밭을
저 방자한 사냥꾼 참가자미가
물질로 새 길을 내준다는 건가
그를 따라나서는
집어등 불빛, 호르르
야음의 술꾼처럼 자지러질 때

투둑, 사르던 시울이 버둥거린다
팔을 뒤틀며 감기는 오르가슴
솟구치는 무게가 물살을 가르며

나를 뱃전에 처박는다
깊이 박힌 내 상처 피딱지
확 빼버릴
오라, 씨알 탄탄한 진짜 큰 놈이다

봄밤의 아드레날린

봄이 오는 새벽
미명의 북창에서 그대를 맞아요
밤새 어둠을 사르고
내 혈관 속에 먼저 와
나를 깨운 그대
못 견디게 누군가 그리우면
잠깐 내 마음 밟고 어깨에 기대요
그대의 숨소리는 가슴에 젖고
그대의 시는
너무 늦게 차린 내 저녁 찬 고명처럼
남은 날 우리 함께한다면
한 알의 아드레날린으로 흥분을 가라앉혀
고요를 부르리
나를 불러요,
귀에 익은 봄 바다 소리처럼
차알싹차알싹

기다릴게요
기다리다 하얗게 소금이 될지라도

하룻강아지

저 작은 놈
어슬렁거리며 호랑이 걸음이다

별빛 빼놓고 다 잠자는 밤
갈고리발톱으로 허공을 뜯는다

깊은 밤 깊을수록
불꽃처럼 어둠에 눈이 익어
도둑고양이 꼬리 쳐들고 선뜻,
담장 딛고 올라선다

누구의 피 끓는 발기를 도려내듯
가르랑가르랑

꽃 피는 날
―가은에게

사춘思春! 사춘!하고
차츰차츰하고, 닮았다

휴일 책상머리 느닷없이
내 등덜미를 잡아 안는
열세 살 손녀,

가끔 제 엄마에게
귓속말로 뭐라 뭐라 한다
힐끔 고개 돌려
"할아버진 몰라도 돼!"

무슨 비밀이 있긴 있는 모양
볼이 바알갛다

불임 不姙

꽃 한 송이 곱게 피우려던
내 작은 꿈 접은 지 오래

겨울 유리창으로
손 내민 볕 한 줄기
냉가슴 따끈하게 데워줘도
꽃은 쉬 피지 않아

차마 철 모르고 마구 피는
저 민망한
철쭉의 푼수라면 몰라도

아직 꽃 한번 피우지 못한
나, 불임의 겨울나무

외도外道

조금만 달려도 바퀴는 늘 헛돌았지요
안길은 몰라도 바깥길은 항시
안길로 돌아드는 귀소본능이 있지요
난 벌써 안길 허당虛堂에 돌아와
지붕 쳐다보며 주저앉았습니다요
떠나면 다신 못 올 줄 뻔히 알면서
산새도 들새도 유마維摩도 아니면서
아직도 바람과 구름 위에 나부끼는
황홀, 그 애매모호한 유곽처럼요

4부

수색을 지나며

배추 농사

비닐 옷까지 껴입히고 새참까지 주어 가꾼 배추 넉 접 나룻배에 싣고 어슴새벽 읍내 장터 나가는 날 딸년 시집 보내듯 마음 한구석에 왜 섭섭함이 없을까 김 노인 눈언저리가 강물에 젖는다 딸아이 머리 땋듯 포기포기 때깔 좋게 단을 묶어 뱃머리까지 옮긴 고생쯤 마다 않고 수백 번 손이 간 배추 농사 곳곳이 풍년이라 헐값에 몽땅 넘겨주고 돌아오는 길 이것저것 다 제하면 몇 푼이 남을지, 터진 손가락을 조물거리며 나갈 돈을 셈해본다 돌아가는 빈 나룻배 하나 삿대 끝에 밀리는 물소리만, 풍년이 흉년이라 부린 만큼 마음이 무겁다

우물

금애 누나, 양철 두레박으로 물 길을 때
쪽 째진 언청이 입술로 함박웃음 짓던
대동배 마을 앞, 오래된 우물 하나

세상 곡절에 너무 시달렸나
행려자의 무덤처럼 말라 누웠다

목마른 자들에 평생을 허락했던
저 지친 빈 우물의 캄캄한 울음
그 조갈의 깊은 뜻을 알 순 없지만

우물은 더 넓은 바다가 그리워
잠시 고목 그늘에 누워 쉬고 있을 뿐,
언제 너희들이
나를 버렸느냐고 묻지 않는다

뻘밭

마음을 비우기는 이른 시간 뻘밭에 물이 들어오는 저 질퍽한 야단 보아라, 좋아라 벙긋대는 조개 엄살, 발가락이 꼬인 낙지 춤, 짝짝이가 된 게 발가락, 눈탱이 불거진 망둥이들, 끼리끼리 유난 떠는 삽시간 갯벌은 벌써 만삭이다

오만 것들의 성스러운 눈빛과 합창에 갯가의 버쩍 마른 갈대도 시시덕거리며 몸을 비튼다 조금만 더 발아하면 마하가섭의 염화시중도 보겠다 나도 썰물 때까지는 창망히 노니는 노랑물새 떼같이 갈바람에 노르스름히 몸을 태울까 보다

봄은 오지 않았다

연천 지나 철원 지나
녹슨 철조망 따라가면
눈 익은 들판 소 몰아 밭 갈고
노을마저 무논에 한물로 지는
저기 저 사람들 만날 수가 없구나

부끄러운 어제
포화 속에 잃어버린
내 누이와 어머니의 검정 고무신
피난길 뿔뿔이 풀숲에 흩어져
별 없는 밤 산안개에 젖어
아직도 덜 삭은 눈알로
까맣게 울고 있으리

해마다 유월은 와서
한탄강 들풀, 둑을 덮어도

우리 맘 절반은 제정신 아니다
강물은 넝마로 흘러가고
끊어진 경원선은 녹슨 채
전쟁의 상처는 아직 그대로다

숨죽인 이 땅의 막내 초병
우리 땅 동두천,
차마 뱉을 수 없었던 한마디
이젠 입을 열 때건만

긴 담장 안
혀 꼬부라져야 통정할 수 있는
성조기만 펄럭인다
봄은 오지 않았다
가난한 내 나라는 아직도 변방,
추운 겨울 바다다

막차에서

유행 지난 반코트 걸치고
낡은 혁대 구멍 줄여 맨다

오늘은 발 편한 헌 구두
호주머니 속엔 손때 묻은
호두알, 꼭 움켜쥐고

지공地空인 뀔공들 틈에
우르르 번번이 뒤채다가
일없이 돌아오는 길

아파 울던 청춘, 그 옛
고개 마을 돌아보니
자본이 밑천인 불야성이다

큰절, 삼배

간밤 꿈에
어렴풋이, 낯익은 노인의
턱수염을 당겨보는
허공에
하얀 눈이 내렸다

2004년 12월 9일
하 이상타 싶어 손꼽아 보니
어제가
돌아가신 내 아버지
상수上壽 날이었다

나도 구름 위에 앉아
아버지께 큰절을 올렸다

휴지 석 장

사월 해맞이광장, 훤칠한 한 노인이
열 살 넘어 뵈는 어린 소나무 밑동을
두루두루 살피더니
주머니에서 황급히 휴지를 꺼내
대뜸 불을 댕긴다
노인은 천천히
나무 밑동을 불로 지진다
더듬더듬 기어오르는 송충이 몇 마리
달라붙은 흰불나방 유충들이
불꽃에 사라지고
휴지 석 장을 다 태운 손으로
툭툭 나무 밑동을 털어주는 노인
일어서서 또 나무를 보듬는다
나무의 理法과 말귀를 알아듣는
독림가篤林家*
그의 부리부리한 눈으로, 언젠가

이력처럼 단단한 옹이 하나 만들어

영생을 꿈꾸려는지

그는 삼십 년 가까이

호미곶에서 소나무와 살고 있다

* 호미수회 서상은 회장.

콩 잎사귀

가을 콩밭 머리 어디쯤서
어머니는 콩잎을 따고 계실까

장독대에 멸치젓 삭는 구수한 냄새
노오란 콩잎을
한 잎 한 잎 젓갈에 재워

식은 보리밥에 찐 고구마에
척척 걸쳐 먹던 고향 구만리

아직도 보자기 목에 걸고
또 한 세월 넘어선 그 어디쯤서
어머니는 콩잎을 따고 계실까

시간 끌기

미라 위 천년 벽돌
천년 벽돌 위 만년 모래
만년 모래 위 큰 눈 낙타
큰 눈 낙타 위 나

머리 위 잔별 따라
서역으로 갔네

나만이 아니었을,
또 누가 영생을 꿈꾸며
이 적멸로 사라졌을까

아직도 와글와글
코란이 새 떼처럼 무너져
너무 멀리 와버린 길

상계에서 월계까지

월계에서 하계, 중계, 상계까지
중랑천 물줄기를 따라가며 옛날
달그림자 지던 숲 언저리
개울에 발 담그고 신선 풍류 즐겼을
그런 선인들을 생각해본다
나, 한 삼백 년 일찍 태어났어도

외계의 진보된 생물체가
자원이 소진되어
식민지 삼을 만한 다른 행성을 찾아
우주를 탐사하고 있을지 모른다는
스티븐 호킹의 경고 가설을 읽었다

우리가 어떤 시공을 넘어설 때
과연 인간은 인간으로 남아 있을까
지는 해에 혀 덴 것처럼 두렵다

다시 돌아갈 상계에서 월계까지
빽빽한 아파트 숲을 지나
방치된 쓰레기통, 하수로를 돌아
내 처소로 오면서
차마 내 생애까지는, 하며
눈앞의 아픔에 헛살았다는 생각

혹, 내가 다시 태어난다면
그때도 이 별은 건재할까
무인無人 쓰레기 산이 되어 있을지
호킹의 말대로
싱싱한 원시의 땅이 되어 있을지
아무도 모를 일

갈증에 천변의 수도꼭지를 틀었다

을왕리 꽃

지평선 끝자락에 걸터앉은
붉은 꽃을 보았네

그 옛날 긴긴 여름날
내 어머니 잔파도를 끌고
푸른 파래 뜯을 때
서천 바다는 늘 가난이었네

확 트인 새벽하늘
내일 다시
두 손 모아 당신을 맞으리
평생 이스트에 부푼 생
곧 낙화처럼 부서질지라도

낡은 애교

연일 담천曇天이라
달 뜰 기미 없네

구름 몇 장
북창 남루로 걸쳐놓고
밤 우울 따라가다

겨울새 한 마리
떨며 날기에

나, 살짝
하느님께 여쭈었다
언제
봄을 주실까 해서

몸

　생물이라서 그렇다 살아 있는 한 다른 길을 낼 수는 없다 몸은 정신의 집이며 무덤, 기쁨과 슬픔을 버무리는 공장이다 몸은 마음을 비울수록 가볍다지만 어느 날, 덜커덩 고장 나면 몸은 가동을 멈춘다 몸은 스스로 사라지는 법도 알기에 솔직하다 곧 죽어도 꼴에 성깔은 있어서 누가 건드리면 즉각 반응한다 입은 거짓말을 해도 몸은 거짓말을 하지 않는다

아픈 책력冊曆

분월 포구,
아직도 바닷가를 서성이며
밤마다 혼자 앓는 나의 냉정을

바람 부는 날이라야
참아온 울음을 울 수 있으리

오늘은 옛날 내 어머니
싱싱한 돌가자미 살을 풀어
미역국 끓여주신
따끈한 국 한 사발 먹고 싶네

보라, 저기 모래알처럼 하얀
잔물결 소리만 두런거리잖니—

까마귀頌

저 보래!
허공을 쥐락펴락하네

어쩌다 몽달귀처럼
제 귀를 까먹었는지?
까악— 까악—

춥고 흐린 천지에
오늘은 또 무얼 쪼려고
토막 울음 우는지
잘은 몰라도

날고 싶을 때 날고
울고 싶을 때
마음대로 우는

세상에!

저만한 자유 어디 있나

월보月甫*

나는야 갯가의 달빛 그루터기
물 위에 이는 달그림자 보고도
울보 같은 섬지기였지만

적소謫所 가는 길,

죽어서 살길 없고
갖고 갈 것 없어 홀가분하니
내 안의 어둠길 활짝 밝혀
파안월보破顔月甫로 떠났으면

* 沙泉 이근배 시인이 愚生에게 불러준 아호.

아직 매미는 운다

매미 울음마저 사뭇 가늘어진,
성하盛夏 지난 창밖으로
고개를 내미니
아침 공기가 제법 선선하다

뒷동 아파트 창들이
깡충 놀란 토끼 눈으로
일제히 내가 낯선 듯
쳐다보고 있다
한동안 메르스네 뭐네
입 귀 틀어막고 칩거하다
이제 좀 잠잠해졌는데
저 진상은 또 누군가 싶어

난 나대로 누구 맘에도 없는
영판 다른 상념에 젖어
나마저 나를 잊고 섰는데

바람의 새

불전佛前에 치성 올려
늦자식 육 남매에 마른 젖줄 물린
어머니 텅 빈 원각 보따리 가슴처럼
하늘은 쾅하니 아프게 비어 있다

금방 누가 불러줄 것 같아
양팔 뻗어봐도
똬리 틀어줄 구름 한 점 없다

젊어서 내 꿈은
만발한 구름 속에 유곽을 지어
겁 없이 드나드는
바람의 새가 되고 싶었는데

날개도 그림자도 어디에 묻었는지
허공엔 늘 깊은 고요뿐이다

나의 푸른 지옥

캄캄한 밤은
악마가 부르는 노래가 가장 아름답다*

떠나가면 영영 다시 없는 밤이라서
꿈꾼다, 언젠가 사라지는 날
나는 꼭 푸른 지옥에 갈 거라고

거기 지옥의 방에
죽은 듯이 죽어서
나를 훈계하는 황홀한 악몽을 꿈꾸며

마른 나뭇가지에
분노한 새들의 피울음을 매달고
금색 옷 입은 마녀들과 춤출 거라고

* 독일 속담.

폐사지廢寺地에서

목례하듯 기운 석등
이끼 덮인 탑신
조각난 기왓장들 만판
부처 아닌 것이 없네

구풍颶風 속을 헤매다
돌아온 탁발 참새도
짝자그르 절 나간
공양보살을 불러대고

목단牧丹이 화두인 양
흐드러진 꽃잎 활짝
옥양사玉洋紗 빈 하늘에
소신공양 올리는데

저기 저만치 세월

절 한 채를 다 허물고
덩그런 주춧돌만
꿀꺽 울음을 삼키네

수색을 지나며

1
넉넉한 자는 다 떠나버린
거기도 봄은 오고 갔다

저 무료급식 긴 밥줄에
그도 혹 목줄을 걸었을까

오늘따라 그 길가
녹두꽃에 고인 물방울이
일 나간 늙은 아내
기다리는
내 친구 눈물 같아
외면하고 돌아오는 길

나도 원뢰遠雷에 질린
풀 이파리 같아 호젓이

차창 밖 별이 되어 온다

2
친구야
내 詩에 네 얘기
벌써 세 번째다

세상에
그림자 없는 사람
어디에도 없다더라

이삿날 본
그 낡은 고리짝
아직도 들고 다니냐
친구야

노경老境과 청담淸淡의 에스프리

구모룡 문학평론가

　서상만 시인은 현금의 우리 시단에서 경이로운 존재다. 고희를 지나 '팔질八耋'에 가깝도록 이처럼 눈부신 서정을 뿜어내는 시인이 있을까? 그는 일찍이 시를 썼지만 불혹을 넘겨 문단이라는 공식 제도에 이름을 올렸고 첫 시집『시간의 사금파리』(2007)를 60대 후반에 상재했다. 이어서『그림자를 태우다』(2010)『모래알로 울다』(2011)『적소謫所』(2013)『백동나비』(2014)『분월포芬月浦』(2015)『노을 밥상』(2016)『사춘思春』(2017)을 간행하였으니, 고희 무렵부터 거의 매년 한 권의 시집을 세간에 내어놓은 셈이다. 그러나 결코 그를 다작의 시인이라고만 치부할 수 없는 것은 서정의 경계를 늘 새롭게 보여왔기 때문이다. 그는 마음을 움직여 시로 드러내는 과정에 충실한 시인이다. 시와 삶을 분리하지 않고 시학을 심학의 연장선에 둔 전통적 사유의 자장 안에 있다. 새 시집을 통하여, 새롭게, 그가 궁구한 노경老境과 접하게 된다.

> 바람에 눈물 털며
> 속으로만 우는,
>
> 함께 묻힐 산야에서
> 나를 부르는
> 들풀의 울음소리
>
> 나, 이제 들었다
> ─「늦귀」 전문

"들풀"과 감응하는 "나"를 표현한 짧은 시이지만 그 의미는 단순하지 않다. 우선 이 시를 시집의 첫머리에 배치하였다는 점이 주목된다. 표제인 '늦귀'라는 단어는 '죽고 난 뒤에 발동되는 귀환서'라는 뜻의 게임 용어로 쓰이는 경우가 있으나 아직 사전에 오른 단어는 아니다. 이와 무관하게

'늦게야 트여 듣는 귀'를 의미하려는 의도로 시인이 만든 말이라 짐작한다. 표제의 의미와 연관시킨다면 시 속의 화자는 경험적 진술의 주체인 시인이다. 시인은 늦게야 "함께 묻힐 산야에서 / 나를 부르는 / 들풀의 울음소리"를 들었다고 진술하고 있다. '죽음에 이르는 존재'라는 관념이 구체적인 실감으로 표출된다. 하이데거가 "인간은 존재하자마자 죽음을 인수하며 태어나자마자 죽기에 충분할 만큼 늙어 있다"라고 하였지만 정작 죽음이 내면의 소리가 되어 들려오는 때는 노년이라 생각한다. 인용한「늦귀」를 통해 시인은 죽음을 바라보는 노년의 감각을 나타내려 하였다.

나이로 노년의 경계를 삼을 수는 없지만 시인의 시에서 늙어감에 대한 감각은 유난하다. 그의 시가 '살아본 구체적 경험'에 바탕을 둔 발화인 탓이다. 심지어 "나는 절필하지 않으려 / 지금껏 살아 있다"라고「시인의 말」을 통해 진술하고 있지 않은가. 이러한 진술은 시와 동행하려는 시인의 견결한 마음을 알게 한다.

「기다림이란」이 전하듯이 시인은 "헤매다 울고 머물다 웃고" 살면서 "늘 서럽고 아프지만" "詩"를 만난다. 이렇게 하여 표출된 시편은 "슬픔"이라는 생의 흐름이 만드는 곡절을 담아낸다. 서정의 기저는 비가elegy이다. 그러므로 서정이 시의 원리를 넘어서 슬픔으로 직조하는 생의 무늬를

뜻한다고 보아도 무방하다. "기약 없이 내리는 / 빗소리도 쓰다듬고 / 죽음도 천천히 스며드는 / 낯선 꿈을 꾸면서 // 나 버리고 먼저 떠난 / 누구 속마음 같은 풀밭에 / 풀처럼 젖어도 보면서" 삶을 사는 시인의 기다림은 무엇일까? 물론 기다림의 대상을 명시하긴 힘들다. 그것은 젖어들고 스며드는 과정이며 그 궁극은 존재의 근원으로 돌아가는 일이라고 할 수 있다. 시는 궁극을 지향하지만 그 과정을 표현한다. 이러한 과정이 시적 표현의 전부이다.

전통적 사유는, 나이를 더함이 덕이 깊어지고 성숙해지는 과정이며 마침내 만나게 되는 죽음조차 이러한 과정의 일부로 두려움과 기피의 대상이 될 수 없다고 말한다. 하지만 이와 같이 온전한 덕을 지닌 인격은 이상에 가깝다. 늙어가는 삶 속에 개입하는 '저항과 체념 사이의 모순'을 간과하긴 힘들다. 시작의 계속성은 오히려 이러한 모순 속에서 유지된다. 노년은 모순과 모호함을 이겨내면서 온전히 자기의 시간을 만드는 과정이다. 이 지점에서 기억이 중요한 기제가 된다. 돌아봄의 양식인 서정은 자기 안의 시간을 인생으로 기억하는 방식으로 바뀐다. 유년의 특별한 추억이나 잊을 수 없는 사랑과 이별 그리고 생을 표상하는 사건과 장소를 표현한다. 여기서 재현도 현현도 아닌 표현이라는 방법을 주목하자. 바로 내면을 밖으로 표출하는 발화의 양식이다.

아내가 심어두고 간 치자꽃이
올해도 하얗게 만발이다
눈에 익은 색깔과 향기가
다소곳이 내게로 다가오는,

속세에 피신하듯 뿌리 내려
저 꽃이 한사코 피고 있는 이유
나는 차마 알지 못하지만, 혹
엄살 같은 하직 인사가 남아서

꽃 피는 천수적막千手寂寞에
은유는 왜 자꾸 머뭇거리는지
천지간 내 눈물 사라져도
저 꽃의 탄회坦懷는 여전할까
―「적막에서」 전문

먼저 간 아내에 대한 그리움을 시인은 많은 시편을 통해
표현하고 있다. 이 시 또한 아내에 대한 기억에 사로잡힌 시
인의 심경을 말한다. '아내가 치자꽃 같다'거나 '아내는 치

134

자꽃'이라는 직유와 은유가 대체할 여지가 부족하다. 시인의 기억은 여전히 못다 한 "하직 인사"와 "탄회"와 같이 아내와 함께한 경험으로 채워져 있다. 시인에게 "적막"은 멀다. 눈물이 사라지고 물처럼 옅어지는 고요가 언제 찾아올까?

「소곡小曲」「핏줄」「초록 구름」도 아내에 대한 강한 기억의 인력으로 은유가 머뭇거리는 시편들이다. "생사의 무덤을 재우려면 / 오늘은 또 어떤 물색으로 / 그대에게 편지를 쓸까"(「소곡」)라는 구절에서 보이는 "물색"의 지향성은 담담하고 초연한 마음으로 가는 단초라 할 수 있다. 하지만 「초록 구름」이 말하듯이 유년의 "푸른 날의 색깔"과 아내의 "풀색 고무신"이 "초록 구름"과 겹쳐지는 사태는 여전하다. 초월 혹은 완전한 부재로의 이행은 쉽게 오지 않는다. 그에게 아내야말로 인생을 구성하는 가장 중요한 기억이기 때문이다.

「초록 구름」에서 만날 수 있었던 유년의 "푸른 날의 색깔"은 서상만 시인의 시 세계에서 매우 중요한 경험적 표상이다. 어쩌면 그는 기억 속의 푸른빛을 찾아서 시를 쓰고 있는지 모를 일이다.

풀벌레 소리로 배부른 가을밤

모깃불 피워놓고 멍석에 누워
주먹만 한 별빛을 받아안고
잠이 들 때도
내 아버지 구성진 명당경 소리는
곳간에 숨어 사는
집 지킴이 누렁 뱀의 안광을
더 순하게 길들였지

구름 말랭이에 누운 타향살이,
나 오랫동안 잊어버린
푸른 별을 더듬어본다
평생 마음의 집 한 채 짓지 못해
일찌감치 접어둔 나의 꿈
이제 고만 저물 곳이 어딘지
―「저물 곳」 전문

어떤 이미지는 의식에 각인되어 전 생애에 관여한다. 인
용한 시에 그려진 유년의 "별빛"이 그렇다. "풀벌레 소리"
와 벽사진경을 기원하는 아버지의 "명당경" 부르는 소리도
기억의 가장자리에 머물고 있지만 그 가운데에 있는 "푸른
별"은 더욱 유별하다. 망각의 저편에서 노년의 삶을 일깨운

다. 이와 같은 향수(노스탤지어)는 살아온 삶의 경험들을 한 꺼번에 돌아보게 한다. 유년의 푸른빛을 생각하면서 시인은 머무름과 기다림의 지혜를 얻는다. 노년에 되찾고자 하는 자기만의 시간과 그 향기에 대한 갈망이다. 시는 노스탤지어를 통하여 현재의 시간을 밝히는 등불과 같다. 서사로 확장되지 않고 영혼의 빛깔로 응축된다.

「詩의 바다」는 시인의 향수와 시의 상응을 말하는 시론 시詩論詩이다. 이 시는 시인의 시편 가운데 어쩌면 허막虛漠하리만치 생생한 발화의 움직임이 요동하는 양상을 보인다. 마치 앞서고 뒤서는 파도가 겹치면서 밀려드는 형국이다. 바다의 쪽빛은 시인이 찾아가는 푸른빛의 원형이다. 나부끼는 돛단배와 파도, 흩어지는 모래톱과 하얀 물결, 땅과 바다가 만나는 풍경 속에 사유와 파토스, 무위와 광기, 비상과 추락, 유희와 영원 등 삶을 구성하는 모든 심상들이 내재하고 있다. 이러한 바다는 이제 시인에게 시가 되었다. "오, 다 받아주는 그대 詩의 바다여!" 앞서 인용한 「저물 곳」은 그 구성에서 「詩의 바다」와 흡사하다. 모두 유년과 고향을 경유하며 향수를 통하여 푸른빛을 건져 올린다.

우리가 만일 날개 달린 삶이었으면 어땠을까
회색 포탄처럼 밤 파도를 가르며 으르렁대는 바람과 맞서

며 더 높이 더 멀리 더 오래 날아야 하는 고독의 연유를 맨 먼저 깨달았으리

은반 같은 날개로 구름을 뚫고 쌍둥이 해가 뜨는 하늘나라로 고통 없이 사라지는 해법도 배웠으리

바다에도 질서가 있다, 한계를 극복하지 못해 추방당한 새는 받아주지 말라는

물고기 대가리만 찾아 헤매는 새가 아니라 시공을 넘나드는 무한한 자유 인간의 새로 남게

바다는 우리의 그림자를 묻어주는 봉분 없는 무덤 영혼을 잠재울 철학의 소금밭이네

바다는 우주의 원형이자 인간의 모향 밤낮 탁발로 일렁이다 뭍으로 돌아올 땐 천파만파의 울음 섞인 해조음으로 우리를 껴안는 전지자全知者이시니

오, 다 받아주는 그대 詩의 바다여!

―「詩의 바다」부분

「저물 곳」에서 애써 찾아낸 "푸른 별"은 여기서 비상하는

새의 이미지로 변주된다. 욕구를 충족하는 데 만족하는 새가 아니라 한계를 극복하고 무한한 자유를 구가하는 새를 말한다. 이는 "고통 없이 사라지는 해법"을 아는 "무한한 자유 인간"의 표상이다. 바다는 이러한 "자유 인간"을 받아주고 그 영혼을 잠재우는 장소이다. 시인이 비상하는 새를 말하고 자유로운 영혼을 말하는 의도는 미래를 기획하려는 데 있지 않다. 무엇보다 되돌릴 수 없는 시간과 다시는 돌아오지 않을 삶에 대한 기억을 표출하며 이를 통해 현존재의 내면을 드러내고자 한다. 이 대목에서 「시간이 걸터앉은 흔들의자」가 주목된다.

날지 못하는 새는 공중에 없다
달빛 아래, 콩밭 머리 헤매는 작은 새여
비상에 길들지 못한 날갯짓, 아픈
너에게는 하늘 향한 그리움만 있다

너는
저 별빛을 놓칠까 봐 늘 깨어 있기에
깊은 밤을 아는 듯

바람 일면, 회랑에 걸린 낡은 벽시계도

흔들의자에 걸터앉아
흘러간 추억을 노래하고

귀 기울이면 불현듯
멀리 검푸른 밤바다 무덤 위로
무거운 삶이 꽃잎처럼 지고 있다
좌아좌아 파도로 흩어지며
포말을 토하며 뭍으로
뭍으로 잦아드는 절망의 잠

한밤중
애잔한 새에게 무슨 말로 속삭일까

사랑이여, 이승의 끝에 매달린 목숨
누구에게 맡길까
누가 대신 울어줄까
   ―「시간이 걸터앉은 흔들의자」 전문

쓰레기 분리장에 버려둔
심재沁齋라는 낙관의 수묵담채
화제가 하산연우夏山煙雨다

배접은 누렇게 변색되고
군데군데 구멍이 나, 누구의
연하고질煙霞痼疾을 보는 듯

세월의 몸이 무거워져 버린
불가분의 아픈 마음을
좀 헤아려주고 싶어
그 자리에 두고 조용히 보니
멀리 사패산
산안개가 눈에 들어온다

안개는 노인과 한 빛깔이다
이 골 저 골 자욱하게 헤매다
그새 훌쩍 팔질이 눈앞인
그 속수무책이란 말 이젠
나에게도 퍽 편한 말이 됐다
　　—「안개비에 젖는 날」전문

　　"날지 못하는 새"에 시적 자아의 상태를 투사하고 있는
이 시에는, 안개와 노을에 사로잡힌 사람, "별빛"과 "흘러

간 추억"과 "검푸른 밤바다"에 대한 그리움을 간직한 "노인"이 있다. 모두 자신이 지나온 인생을 의미하는 이미지들이다. "팔질이 눈앞인 / 그 속수무책이란 말"을 떠올리듯이 기억과 몸의 질량이 만드는 경계가 있다. "세월의 몸이 무거워져 버린 / 불가분의 아픈 마음"이라는 구절에 이르면 존재의 근심이 도드라진다. 변화하는 풍경만큼 인생의 장면들이 떠오른다. 과거는 소중함의 가치에 따라서 그 의미를 달리하지만 미래는 흐릿하게 차단된다. "푸른빛이 꺼져가는 / 내 기억에 고인 폐수 떨어지는 소리"(「소리들」)를 듣거나 "옹이마저 삭은 등걸, / 무덤 같은 농담濃淡 사이 / 근심 근심하다 잠들지 못한 / 연초록 잎눈 두엇"(「고사목 잎눈」)과 같은 심경이다. 시인의 시는 기억과 현존 사이에 펼쳐지는 농담濃淡 사이에서 긴장한다. 각인된 푸른빛의 양상 또한 다양하게 변주된다. 그 궁극적 지향에서 영혼의 푸른빛은 늙어가는 몸의 질량을 극복하는 자아의 초월성을 의미하게 된다. 이는 "무거운 삶이 꽃잎처럼 지고 있다"라는 진술이 "안개는 노인과 한 빛깔이다"라는 표현을 얻는 과정에서 알 수 있다. 푸른빛을 좇는 일은 기원에 매달리는 일이 아니다. 추억과 현재, 유년과 노년, 짙음과 옅음의 길항 속에서 노경은 깊어진다. 무관심, 무미無味의 담담함이 시적 지평으로 열린다.

천지는 진즉 수류화개水流花開라

날마다 파랑 치는 나뭇잎들,
햇살 되비추는 이 아침엔
여기 오래 남고 싶다

풀잎에 머물던 아침 이슬
누구 몰래 구름 날개 달았다가
다시 이슬비 되어 오려는지
나 먼저 길 떠났다
　　　―「시간의 방목」 부분

　계절 가운데 봄으로 기울어진 마음이 뚜렷하다. "수류화
개"의 봄에 머물고 싶은 심경은 "풀잎에 머물던 아침 이슬"
을 응시하며 순환하는 생명의 이치를 성찰한다. 이슬방울
에서 "천지" 혹은 우주를 만난다. 만물은 서로 화육化育하
는 관계 속에 존재한다고 인식한다. 사물의 역동에 반응하
면서 전체를 감응하는 감각의 발현이다. 저항과 체념 사이
에 서 있는 모순의 노년이 아니라 자족적이고 성찰적인 노
년의 지향을 열고 있다. 몸의 질량에서 놓여나고 시간을 방

목하는 새로운 자아를 형성하는 일은 쉽지 않다. 이보다 몸의 질량에 반항하고 시간에 적대적인 자아를 선택할 가능성도 적지 않다. 어느 경우든 유년부터 간직한 "푸른 별"을 향한 꿈과 창공을 나는 비상의 의지는 노화의 중력에 이끌려 지상으로 귀환하기 마련이다. 땅 위의 풀잎과 파도치는 바다가 몸을 지닌 사람의 위상을 대변한다. 많은 "삶의 화상火傷"(「그날, 불정역」)을 안고서 병과 고통과 이별을 경험하면서 회한과 두려움에 사로잡히는 과정이 삶이다. 이러한 과정에서 참다운 노경이 생성한다. "기욕이 식은 다음에 총명이 생긴다"라고 하였던가. 못 듣던 소리가 들리고 안 보이던 사물이 잘 보인다는 말이다.

작은 새는 작은 소리로 울고
큰 새는 큰 소리로 우는
어리중간에서
나는 훔쳐보았네
잎 져버린 가지에
저마다 무심히 울고 간
새들의 흔적을

때 없이 뒹구는

잎들의 울음을

그래도 나는 모르겠네, 정말
이별은 어떻게 헤어지는 것인지
날아간 새 발자국을 좇으며
얼룩진 가을볕 한 모금
호졸근히 가슴에 묻는 날
　　ㅡ「추풍부秋風賦」전문

　생명에 대한 감각이 민활한 시적 자아의 표정이 역력하
다. 새와 나무와 나뭇잎의 관계를 보면서 이별의 방식에 대
하여 묻는다. 아직 이별의 아픔을 이겨내지 못한 처지임은
"그래도 나는 모르겠네, 정말"이라는 탄식 어린 발화를 통
해 알 수 있다. 이 시에서 눈길이 가는 대목은 "저마다 무심
히 울고 간 / 새들의 흔적"이라는 구절이다. 무심無心은 초
연한 마음의 상태를 말한다. 시적 화자가 이러한 마음의 지
향에 이끌림은 새의 흔적을 좇거나 "얼룩진 가을볕 한 모
금"을 "가슴에 묻는" 표현으로 나타난다. 「시간의 방목」이
말하는 물의 시간과 「추풍부」가 전하는 무심의 태도는 서
로 먼 거리에 있지 않다. 자연스러움과 비움으로 깊은 단순
성deep simplicity을 획득한다. 이는 「詩, 차마 못 버릴 애물」에

서 시가 오는 시간의 모습으로 다가온다. "맑고 찬 바람 한 줄기 / 처마 밑 장명등을 찰싹일 뿐 / 허공엔 아직도 성근 눈 발"에도 시인의 마음은 요동한다. 가볍게 내리는 눈도 종을 울게 하고 서리가 내리면 종이 울린다. 시인이 지닌 섬세의 정신은 이처럼 민감하다. 비치고 스며들고 들리는 사물의 움직임을 마음으로 포착한다. 노년에 얻는 '총명의 경지'는 물처럼 담담하고 물처럼 냉정한 태도를 생성한다.

그런데 노경은 나이가 들면 자연스럽게 오지 않는다. 여전히 받아들이지 못하는 욕동과 싸워야 하고 자기기만을 이겨내야 한다. 늙어감이라는 인생의 궁극을 그대로 받아들임으로써 참다운 노경에 이르게 된다. 노경은 그저 나이가 많다는 뜻이 아니다. "머잖아 파도에 묻힐 / 늙은 섬의 폐선이 되려는가 // 차츰 멀어지는 발동기 소리. / 너무 멀리 왔나 보다"(「박동 소리」)라는 구절처럼 늙어가는 자기를 관조하고 "먼 산에 묻은 아득한 / 비구름처럼 안개처럼 산다"(「마음의 크기」)는 담백함의 태도와 심경을 얻어야 한다.

저 돌무더기 속 낙조에 납작 엎드린
거무데데한 작은 돌 한 개
어쩜 막차 기다리는 나 같기도 하고

누굴 탓하랴 쌓인 상처도 내 자산이니
나 여기 온 걸 떠돌이 랭보는 알 거야
그는 늘 푸르게 살아 있으니까
천산만수 버선코 위에 앉은 금강앵무여
나는 네 울음을 알아듣는 늙은 에코
세상의 입들 너보단 더 말이 많아서
매일매일 누구의 덕으로 산다는 말
입 봉하고 아꼈더니 불현듯 낯이 뜨겁다
너무 오래 달궈진 돌 같아서
　―「앵무산 돌에게」 부분

　노년은 끊임없이 자기를 돌아보게 한다. 노스탤지어와
살아온 경험에 대한 기억은 피할 수 없다. 생의 시간을 자기
화해야 하기 때문이다. 시 속에 "랭보"를 언급한 연유는 그
의 떠돎과 푸른 삶을 말하기 위함이다. 그와 같은 청년은 아
니지만 "나" 또한 무욕의 삶을 산다. 유년의 푸른빛이 이제
노년의 청담淸淡으로 성숙한다.

　봄이 오는 새벽
　미명의 북창에서 그대를 맞아요
　밤새 어둠을 사르고

내 혈관 속에 먼저 와

나를 깨운 그대

못 견디게 누군가 그리우면

잠깐 내 마음 밟고 어깨에 기대요

그대의 숨소리는 가슴에 젖고

그대의 시는

너무 늦게 차린 내 저녁 찬 고명처럼

남은 날 우리 함께한다면

한 알의 아드레날린으로 홍분을 가라앉혀

고요를 부르리

나를 불러요,

귀에 익은 봄 바다 소리처럼

차알싹차알싹

기다릴게요

기다리다 하얗게 소금이 될지라도

　　　　　　　　　—「봄밤의 아드레날린」 전문

　봄에 대한 이끌림만큼 명랑과 웃음으로 생을 이야기하려
는 시인의 의지가 크다. 「왕벚꽃」 「봄 편지」 「실성한 꽃들」
「陰石바위」 등 건강하고 사려 깊은 해학을 이끌어내려는 시인의 어조와 태도가 낯설지 않다. 인용한 시에서 시인은 삶의 욕동과 즐거움을 시를 통해 획득하고 있음을 진술한다. 생명의 기운과 더불어 찾아오는 시는 이제 시인의 삶과 분리할 수 없다. 참된 노년은 위축된 마음이 아니라 민활하고 총명한 감각으로 삶의 가치를 말하는 데서 나타난다. 「봄밤의 아드레날린」의 주인공은 저항과 체념을 모두 극복하고 "고요"를 생성하는 자아이다.

　서상만 시인의 시는 노경의 청담을 지향한다. 오래도록 마음속에 품어온 유년의 푸른빛이 노년의 맑음으로 생성하고 있다. 그는 이미 저항과 체념 사이의 노년을 넘어서 유기적인 생명의 흐름을 체화하였다. 몸의 질량을 이겨내고 삶과 사물을 민활하게 공감한다. 머무르면서 기다리는 시간은 이제 자신의 것이 되었다. 그의 시는 팔순을 바라보는 그의 마음을 대변한다. 시와 더불어 새로운 자아와 새로운 경계를 견인하는 서상만 시인이야말로 현금의 노년시를 대표하는 보기 드문 개성이 되었다.

서상만

경북 호미곶 출생. 1982년 《한국문학》 신인상 당선으로 등단.
자유시집으로 『시간의 사금파리』(시와시학사) 『그림자를 태우다』(천년의시
작) 『모래알로 울다』(서정시학) 『적소謫所』(서정시학) 『백동나비』(서정시학)
『분월포芬月浦』(황금알) 『노을 밥상』(서정시학) 『사춘思春』(책만드는집) 『늦
귀』(책만드는집), 동시집으로 『너, 정말 까불래?』(아동문예) 『꼬마 파도의
외출』(청개구리) 『할아버지, 자꾸자꾸 져줄게요』(아동문예) 등 출간.
월간문학상, 최계락문학상, 포항문학상, 창릉문학상 등 수상.
ssm4414@hanmail.net

늦귀

—

초판 1쇄 2018년 6월 30일
지은이 서상만
펴낸이 김영재
펴낸곳 책만드는집
—
주소 서울 마포구 양화로3길 99 4층 (04022)
전화 3142-1585·6
팩스 336-8908
전자우편 chaekjip@naver.com
출판등록 1994년 1월 13일 제10-927호
ⓒ 서상만, 2018
—

ISBN 978-89-7944-660-9 (04810)
ISBN 978-89-7944-354-7 (세트)